НАВСЕГДА С «МОРСКИМ КОТИКОМ»

AMY GAMET

Переводчик
PAVEL KOZLOV

1

Зачем только я оставил ее одну.

Эти слова немым укором прогремели в голове Тревора Хокинса, То. что он видел перед собой. прямо подтверждало допущенное им ужасное упущение. Вся косметика разбросана по полу. Зеркало вдребезги разбито. Сумочка и телефон валяются в углу.

Оливия никогда не расставалась со своей сумочкой и телефоном.

Ни за что на свете.

Он обхватил руками голову, пытаясь понять, что же здесь произошло. В гримерке все вверх дном, что совершенно не в характере его любимой, и винить в этом, кроме самого себя, ему некого.

Блин, какого хрена его не было рядом. Он же знал, что она до смерти напугана тем, что ее кто-то преследует. Она же его невеста, а он торчал в Атланте на несколько месяцев дольше, чем требовалось, вместо того, чтобы примчаться к ней и взять под свою защиту.

И вот опоздал.

Он проклинал себя за то, что неверно расставил

приоритеты, что его любовь к своей работе в Группе коммандос перевесила все остальное. Эта Группа была его семьей задолго до того, как он встретил Оливию, а связанные с высоким риском для жизни задания были для него как героин для наркомана.

Он увлечен своей работой. И ни о какой другой никогда и не помышлял.

А съемки фильма с Оливией шли во Франции. И он физически не мог находиться в двух местах сразу.

Ну и полюбуйся теперь на результат.

На лбу у него выступил пот.

Он такой же, как и его старик.

Сколько раз он видел, как отец ставит работу выше интересов семьи? Хок все еще помнил, каково это было — искать отца глазами на трибунах, чтобы просто узнать, пришел он на игру или нет. Фрэнк Хокинс служил детективом в отделе убийств, и юный Тревор никак не мог соперничать с такой работой по значимости для отца.

Он прекрасно понимал, как сильно это удручает его мать, и ему хотелось побыстрее вырасти и сделать все иначе.

Теперь ты вырос и стал таким же дураком, как и он.

Оливия станет его женой, а роль будущего мужа уже вступает в конфликт с его сутью. Надо срочно собраться с мыслями. И что-то изменить.

Черт!

А как же потом жить, пожертвовав своей работой?

Он встряхнул головой, чтобы избавиться от лишних мыслей. Без нее он жить точно не сможет. Работа — всего лишь работа, а Оливия — его жизнь.

Они были неразлучны с тех самых пор, как его машина врезалась в ее авто на заснеженной горной дороге, и до ее отъезда во Францию, и последние полтора месяца без нее стали для него целой вечностью. Когда он возвращался в их общую квартиру, его охватывало чувство какой-то внутренней опустошенности, вялости, отсутствия счастья и любви.

Совсем не так, как на заданиях.

Он вспомнил себя в камуфляже — преследует цель, крепко сжимая оружие. Адреналин кипит и брызжет. Полная собранность. Проверка мастерства.

В памяти всплыло и еще кое-что. Призывный взгляд Оливии, когда она стояла босиком на кухне и легко убедила его опоздать на работу еще раз. Как она уютно устраивалась на его руке, когда они болтали обо всем на свете до глубокой ночи.

Как он рассказывал ей свои самые потаенные секреты, чтобы она знала его и с той стороны, которая неведома другим. Когда они занимались любовью, эти маленькие тайны друг друга сплетались между собой, сближая их души, и от раза к разу они вместе создавали единое полотно любви.

С ней он становился лучше, и совершил великую глупость, отпустив ее одну. Он пожертвует своей работой ради нее, что и следовало сделать еще несколько недель назад.

Он покинет своих собратьев.

Своих братьев по оружию в Группе коммандос. Свою боевую семью.

Да ты сначала найди ее.

Хок подошел к ее туалетному столику и сел на покрытое белым мехом сиденье, рассеянно глядя перед собой. И увидел краем глаза какого-то толстяка, стоящего в дверях. Он совсем забыл про телохранителя.

Про того, кто должен был охранять ее. Про того, из-за

которого Хок убедил себя в том, что он не нужен во Франции. Про того, кто оставил Оливию без защиты ради того, чтобы зажевать этот чертов бутерброд.

Хок сжал кулаки, переводя взгляд на толстяка.

«Где она?», — прорычал он не своим голосом.

«Я не знаю, — ответил толстяк с сильным французским акцентом. — *En décor?*».

«Что?».

«Как это сказать... *en studio?*».

Хока подбросило от нетерпения и ярости.

«Да что это значит?».

Телохранитель показал руками, будто снимает что-то на кинокамеру.

«En décor. En studio».

Где декорации.

«Съемочная площадка?».

«Oui. Съемочная площадка».

Хок показал рукой на съемочную площадку, через которую он пробирался сюда в гримерку.

«Её там нет».

«Нет, *месье.* На съемочной площадке *в деревне*».

Он махнул рукой в другую сторону.

Хок бросился бежать.

А вдруг повезет? Может, она на съемках рядом, и все его волнения напрасны?

Всю ночь, пока самолет летел над Атлантикой, ему мерещились всякие ужасы, которые могут приключиться с ней. Наверное, просто воображение слишком разыгралось.

Дорожка, по которой он бежал, вела к широкому открытому месту. Вдалеке виднелось нечто похожее на деревенскую улицу, сошедшую прямо со страниц учебника истории. Он бежал дальше, щурясь от солнца. Где-то лежат очки от солнца. Да где их теперь найдешь.

На улице появилась Оливия в окружении камер и кучи людей. Хока отпустило, сердце сбавляло свой бешеный галоп.

С ней все в порядке.

Ничего страшного не произошло.

Он расплылся в благодарной улыбке и замер на месте, прищурившись.

И тут же увидел, что на крыше соседнего дома кто-то лежит на животе, осторожно выглядывая с нее.

Положение лежа.

Хок со всех ног кинулся бежать к этому дому. Так быстро он еще в жизни не бегал. Эта поза была слишком хорошо знакома ему по военной службе — поза снайпера.

Издалека Хоку не видно было, есть ли там винтовка, но тренированное чутье кричало об опасности. Вскоре он заметил и оружие. Какая-то винтовка.

Хок взбирался по железной лестнице позади дома, когда раздался выстрел. Все происходит слишком быстро, и он пока ничего с этим не может поделать. Еще один выстрел.

Нет!

Наконец он выскочил на крышу и направил пистолет на снайпера.

«Бросай пушку, урод!».

2

———

Брук Бэрронс была крутой девчонкой, которая ничего в жизни не боялась, а вот Оливия Грейсон пребывала в ужасе.

Как жаль, что я такая недотепа.

Брук — ее сценическое имя, хотя оно и означало нечто большее. Это был цельный образ, который она брала с собой на работу, хотя он никогда не выходил за рамки того, кем она была на самом деле.

Она с трудом удерживалась от слез, не желая портить макияж и затягивать съемку. Съемка шла уже несколько часов с перерывом всего на двадцать минут около трех часов назад, и это едва ли можно было назвать отдыхом.

Мысленно она все еще держала в дрожащей руке ту злополучную записку и ощущала ту шершавую бумагу. Угрожающий тон записок ее уже не удивлял, однако на этот раз текст был еще более мрачным, более тревожным, и она совсем не понимала, что он сулит ей.

«Брук, детка, берегись!».

Она подняла глаза и внимательно посмотрела на Эвана Локхида, режиссера. Он вызывал в ней восхищение еще до того, как она приехала сюда: его репутация и карьера стелились перед ним как длиннющая красная ковровая дорожка. Однако работать с ним оказалось крайне тяжко — актеры для него были всего лишь марионетками, которые должны подчиняться воле кукловода.

«Извини».

Он покачал головой, тряхнув своими темными кудрями, словно она была непослушным ребенком, который снова что-то сделал не так.

«Мне нужен шок на твоем лице, когда Марти откроет огонь и попадет тебе в живот. Ужас, когда он стреляет в твоего любимого. Чтобы одного взгляда на тебя хватало, чтобы понять, что ты потеряла все, что тебе дорого. Поняла?».

Она коротко кивнула. Придирки Локхида тяготили ее, и ей нестерпимо хотелось чтобы съемки этого фильма поскорее закончились.

Да, вот почему я хочу побыстрее убраться отсюда.

А вовсе\не из-за какого-то там чокнутого киллера.

Ей хотелось спрятаться где-нибудь в укромном месте и отгородиться от всех, а не торчать на съемочной площадке под палящим солнцем и любопытными взглядами кучи народа.

Она знала эту сцену наизусть, каждое слово каждого персонажа, каждую деталь кадра. Знала, черт возьми, что должна иметь потрясенный вид, когда ее возлюбленного застрелили. Пока Эван раздавал такие же указания другим актерам, она несколько расслабилась, но вместо того. чтобы думать о нависшей над ней угрозе, принялась размышлять о единственном верном варианте положить конец охватившей ее панике.

Тревор.

Ее дыхание тут же стало ровнее, и она едва заметно

вздохнула. Ей вспомнился его запах, его низкий мужественный голос и раскатистый смех. Она уже так давно не видела его... И зачем только согласилась на эту роль, из-за которой пришлось так далеко уехать от него. К черту бы эту карьеру.

Съемки фильма еще не закончились, а уже пошли разговоры о номинации на «Оскар». Все актрисы ее возраста в Голливуде мечтали получить эту роль, томились в очередях на прослушивания, словно девицы, примеряющие туфельку Золушки. Но Локхид выбрал ее и фактически предложил ей эту роль еще до того, как она прочитала сценарий.

А сценарий оказался мощный.

Сценаристка превзошла себя, взяв самый продаваемый роман года и превратив его в нечто, потенциально способное стать захватывающим зрелищным шедевром. Так что играть эту роль было большой честью.

Тогда какого лешего я так рвусь домой?

Она окинула взглядом съемочную площадку в поисках своего телохранителя. Его нигде не было видно, отчего стало еще страшнее. Как же она беззащитна и одинока в этой толпе.

Оливия не чувствовала себя в безопасности, поскольку студия не смогла обеспечить ей надежную охрану после получения ею писем с угрозами. Ей вспомнился последний разговор с Тревором, когда она изо всех сил старалась удержаться от того, чтобы попросить его приехать во Францию. У него полно своей работы в Штатах. Глупо надеяться, что он вот так все бросит и примчится к ней, как бы сильно ей ни хотелось этого.

Эта сцена была одной из последних в фильме, хотя и снимали ее в неурочное время. Улица 1859 года была воспроизведена с точностью до мельчайших деталей: по булыжной мостовой ехала запряженная лошадьми карета, а вокруг нее сновали крестьяне. Оливия играла роль маркизы де Саж, жены Себастьяна и любовницы бедного художника-портретиста Данте де Сильвы, которого ее ревнивый муж собирался застрелить, ранив в итоге свою любимую жену.

Как актриса, она делала все возможное, чтобы придать жизни персонажам, а вот образ маркизы как-то сам сразу ожил в ее воображении после первого же прочтения сценария. В маркизе было все, чего не было в самой Оливии — независимая, волевая, дерзкая. И чем больше Оливия играла эту роль, тем больше ей хотелось быть похожей на свою героиню.

Она подумала о Марко, и в животе стало нехорошо, будто ее ударили в солнечное сплетение. Ее помолвка с ним основательно разрушила ее самооценку, и по прошествии времени это становилось все очевиднее. Теперь она понимала, что проявила слабость, решив выйти замуж за него только потому, что он заботился о ней.

Но теперь у меня есть Тревор.

И в чем же разница?

Она почувствовала, как сердце у нее защемило. Прошел почти год, как они вместе, и это было, пожалуй, лучшее время в ее жизни. Но разве она не использует Тревора точно так же, как раньше использовала Марко? Как мужчину, за которым можно спрятаться, к которому можно прижаться, который будет вести ее по жизни?

Нет уж.

Теперь все иначе.

Он прекрасный человек. И она его искренне любит. Вообще ничего схожего с Марко.

Локхид вернулся на свое место, актеры и съемочная группа заняли свои места.

«Мотор!», — крикнул он.

Она перебирала какие-то товары у лавочника на оживленной улице, а объектив камеры неотступно следовал за ней всего в нескольких метрах от ее лица, отслеживая каждое ее движение, пока она торговалась с лавочником на французском языке. Энтони Уир, актер, играющий ее возлюбленного Данте, подошел к ней сзади, обнял за талию и поцеловал в шею. Ей нравился Энтони, которого недавно признали одним из самых сексуальных мужчин из ныне живущих. У него было отличное чувство юмора, и он был предан своему давнему партнеру.

Такой поцелуй вызвал бы в те времена скандал даже для супружеской пары. Оливия представляла себе Тревора, когда ее лицо и тело по сюжету отреагировали на этот поцелуй. Она резко обернулась, выронив то, что собиралась купить, спеша упасть в его объятия.

Они обменялись понимающими взглядами, и он потянул ее за собой в сторону гостиницы, где они заранее договорились встретиться. Ее щеки горели от возбуждения, губы приоткрылись от похотливого жела- ния. Через несколько мгновений они останутся наедине, и она наконец сможет снова заняться с ним любовью после многих месяцев разлуки.

Прямо как с Тревором.

На площади раздался выстрел, все вокруг забегали и завизжали. Данте взглянул на нее в последний раз и затих, в его широко раскрытых глазах застыл ужас от полученной смертельной пули.

«*Ma chérie*», — прошептал он.

«Что с тобой?», — спросила она по-французски, запаниковав, когда он вдруг обмяк и рухнул в ее объятия.

«Данте?», — вскрикнула она, касаясь бутафорской крови, которая текла из его раны. Ее рука, красная и мокрая от крови, дрожала, когда она отняла ее от его тела.

Что за странный запах?

Бутафорская кровь была как настоящая, а металлический запах, повисший в воздухе, и вовсе сбивал ее с толку. Он слишком тяжело навалился на нее, увлекая ее за собой на землю.

«О, господи, — прошептал он, — Брук».

Она умоляюще смотрела на съемочную группу, пытаясь понять, что происходит, когда раздался еще один выстрел, эхом раскатившийся по улице.

«Что тут происходит?», — крикнула она Локхиду.

Тот вскочил на ноги.

«Стоп!».

Энтони повалился на землю у ее ног. Над площадью раздался чей-то хриплый голос. "Бросай пушку, урод!".

Актеры и съемочная группа стали оглядываться по сторонам. Оливия уже вообще ничего не понимала.

«Я сказал бросай пушку, тварь!».

Теперь этот голос уже невозможно было спутать ни с каким другим.

«Тревор?».

Оставив Энтони, она подалась вперед, пытаясь отыскать его глазами. И увидела его высоко над съемочной площадкой с пистолетом в руках, направленным на актера, игравшего маркиза де Сажа, руки которого теперь были высоко подняты над головой.

Оливия бегом бросилась туда. Что он здесь делает, и почему, черт возьми, направил пистолет на этого парня?

Он прилетел за тобой после того, как ты вчера расска-

зала ему о письме. Он прилетел за тобой и теперь думает, что защищает тебя.

Святые угодники!

Оливия бежала со всех ног, но все равно не успела — Тревор уже обыскал стрелка и надел на него наручники. Другие актеры из съемочной группы тоже бросились туда, стараясь добраться до таинственного незнакомца, который прервал съемку и взял одного из них на мушку.

«Тревор!».

Вслед за режиссером Оливия поднялась по лестнице на крышу дома и кинулась к нему как раз в тот момент, когда Локхид поднял валявшееся на крыше ружье.

«Идиот! Это всего лишь реквизит. Здесь все не по-настоящему».

Тревор прищурился, глядя на нее, и время, казалось, остановилось. Потрясение от встречи с ним после столь долгой разлуки было подобно нежданному поцелую богов. Но он уже отвернулся, открыл затвор и высыпал патроны на руку.

«Пули настоящие».

«Да холостые», — резко ответил Локхид.

«Нет, боевые».

«Дай-ка глянуть».

Локхид от изумления вытаращил глаза.

«Тут какая-то ошибка».

И крикнул вниз:

«Срочно реквизитора ко мне».

Оливию бросило в жар.

«Так значит, пули настоящие?».

«Да», — ответил Тревор, вставая и направляясь к ней.

«Надо срочно оказать помощь Энтони! Я-то думала, что он по роли играет, что в него стреляли. Там лужа крови под ним, — запричитала Оливия. — Просто в голове не укладывается. А что, если он умрет? Я же оставила его там одного...».

«Так ты же не знала, — отозвался Тревор.

«А следующая пуля была предназначалась мне».

Она вся тряслась как в лихорадке. Сквозь шум в ушах до нее едва донесся голос Локхида, когда он кричал съемочной группе, чтобы те позаботились об Энтони.

«Ты в безопасности», — сказал Тревор.

Ее взгляд остановился на его лице. Темные брови. Крепкий нос. Пухлые губы.

«Надолго ли?».

«Я уже здесь. А это значит, что с тобой ничего не случится».

Он обнял ее, и его тепло слегка растопило сковавший ее лед. Оливия уткнулась подбородном в его плечо.

«Я была следующей», — прошептала она.

«Ты в безопасности, Ливи».

Но ей слабо в это верилось. Она не испытывала почти никаких чувств и представляла себя охотником на сафари, которого вдруг загнал в угол разъяренный лев.

Онемевшая. Бестелесная. Почти растворившаяся в вечности.

Тревор покрепче прижал ее к себе, поглаживая рукой по спине.

Когда он оказался здесь? Откуда он узнал?

«Кто ты такой?», — требовательным тоном спросил Локхид.

Тревор слегка отстранился от Оливии, продолжая обнимать ее.

«Тревор Хокинс, мы с Оливией...».

«Он со мной», — перебила его Оливия.

Локхид поочередно поглядывал на них.

«Похоже, мы в долгу перед тобой. Повезло, что ты оказался тут».

«Повезло», — повторил за ним Хок.

Оливия переплела свои пальцы с пальцами Тревора, чтобы чувствовать себя увереннее. До нее постепенно доходило, чего она только что избежала, насколько близко она была к тому, чтобы получить пулю — ранение или того хуже. Она зажмурилась и молча помолилась за жизнь Энтони.

«Принеси холостые пули», — сказал Локхид реквизитору, который только что появился на крыше.

«Так через полчаса стемнеет».

Что он такое несет?

«Эван, я уже не могу сегодня сниматься», — сказала Оливия.

«Да всего пару дублей».

Эти слова привели ее в тихое бешенство. Ее естественное желание успокоиться сменилось гневом. У нее руки и платье все в крови, а этот придурок невесть что несет. Кто теперь будет играть Данте, раз Энтони подстрелили? Она яростно замотала головой.

«Ни за что».

Локхид обернулся и посмотрел на нее так, будто видит впервые в жизни.

«Не понял».

«Кто-то пытался нас убить. Что тут непонятного?».

«Да просто реквизит попутали».

«Я сказала — нет. Кто-то зарядил ружье настоящими пулями. Это не ошибка. Это покушение на убийство».

Она кивнула на людей внизу.

«А может Энтони и убили. Вот о чем сейчас надо думать и искать преступника, а не об этой дурацкой сцене».

Локхид удивленно уставился на нее. Она боролась с собой, чтобы не впасть в извинения, но была так сильно напугана полученными угрозами, что молчать не было сил. Руки Тревора крепче сжали ее талию.

«Убийца охотился за тобой, — сказал Локхид. — Из-за тебя мой фильм под угрозой срыва».

«Ну а я-то тут при чем?».

Он несколько мгновений поедал ее глазами, потом отвернулся.

«На сегодня хватит. Чтобы завтра в семь тридцать утра все были здесь как штык».

3

Тревор сидел на неудобном плетеном диванчике в гримерке Оливии, наблюдая, как она бродит среди битого стекла, собирая с пола свои разбросанные вещи. Он предложил ей уехать отсюда на ночь, и она согласилась, но при условии, что прежде они дождутся, пока Энтони не заберет скорая помощь.

Они заскочили сюда на минутку, чтобы она могла принять душ и смыть с себя кровь, а заодно и выбросить забрызганное кровью платье — пусть теперь с ним костюмеры разбираются, а она больше ни за что его не наденет.

Хок посмотрел на сумочку Оливии, все еще валявшуюся в углу, и вспомнил, что его это весьма удивило.

«А зачем ты оставила сумочку и мобильник в гримерке?».

«Локхид терпеть не может телефоны на съемочной площадке, а сумочку и оставить больше негде».

Она выразительно фыркнула.

«Да и гримерка тоже не спасение — сюда и подбрасывали те записки. Но оставить сумку просто больше негде».

Что ж, с этим не поспоришь. Он привык к тому, что обычно Оливия всегда все держит при себе, ну а съемочная площадка совсем другое дело.

«А разбитое зеркало?».

«Ты о чем?».

«Ну, вдребезги».

«А, так я его швырнула об стену».

Хок и представить себе не мог, чтобы она была в такой ярости.

«С чего это вдруг?».

Оливия остановилась и повернулась к нему.

«А почему тебя это интересует?».

«Это на меня ты так сильно разозлилась?».

«Да бог с тобой».

Она стала дальше подбирать вещи с пола.

«Ты здесь ни при чем».

«Ну, как-то не припомню, чтобы ты швырялась своими зеркальцами».

«Так и записок с угрозами на своей подушке я тоже не находила».

Хок оставался невозмутимым.

«Ты ничего такого не говорила мне».

«Да какая разница? Зато я рассказала тебе про все остальное».

«Так я бы сразу и прилетел».

«Ну, может как раз поэтому и не сказала».

Он стоял, пытаясь уловить перемены в ее настроении.

«Я тебе здесь мешаю?».

Оливия тяжело вздохнула, бросая кружевную ночнушку в чемодан и избегая встречаться с ним взглядом.

«Я этого не говорила».

«Но подумала. В чем дело, Оливия?».

«Да ни в чем. Ничего особенного, разве что кто-то пробирается в мою гримерку, хочет увидеть меня голой в душе и, вполне возможно, убить меня. Как видишь, тут и волноваться не о чем».

Хок подошел и взял ее за локоть.

«Эй, так нечестно. Ты же мне не говорила всей правды».

«Да что ты? Ты не знал, что кто-то пробирается в мою гримерку? Не знал, что я получаю записки с угрозами?».

Она отдернула руку.

«Не знал, что я до смерти напугана и что ты нужен мне здесь, рядом со мной?».

Хок тяжело вздохнул.

«Знал, Ливи. Знал и должен был быть здесь».

«Так что извини, что я слегка расстроилась и шваркнула к черту это зеркало об стену».

«Прости».

«Проехали».

«Надо было мне примчаться после первого звонка. Надо было сесть на первый же рейс и не отходить здесь от тебя».

Она протиснулась мимо него в ванную. Было слышно, как она яростно и шумно швыряет в сумку свои туалетные принадлежности. Всего-то на одну ночь, а она собирает все подряд, лишь бы не разговаривать с ним. Он это понял. Хок подошел к двери ванной.

«Не надо мне было оставлять тебя одну».

«Я прекрасно могу сама о себе позаботиться».

«А вот это не обязательно».

В аптечке было пусто, но она продолжала шариться в ней, не глядя на него.

«Я хотела сама со всем справиться. Не отрывать тебя от работы. Хотела быть сильной».

Тревор подошел к ней и обнял за плечи.

«Ты важнее, чем моя работа».

«Правда, что ли?».

Он вспомнил о коробочке с кольцом в кармане брюк.

«Чистая правда».

Хок почувствовал, как ее плечи расслабились.

«Дай я тебя обниму», — сказал он.

Заметил ли он легкое колебание, прежде чем она оказалась в его объятиях? Если оно и было, то тут же и прошло. В его объятиях снова была прежняя Оливия, которая крепко прижалась к нему, как и сотни раз до этого. В его объятиях была женщина, которую он любит.

Она нуждается в утешении, и он нехотя признал, что им придется восстанавливать свою былую легкость общения. Время, проведенное в разлуке, несколько отдалило их друг от друга, и теперь ему надо постараться закрыть эту брешь, чтобы они снова стали единым целым.

«Я безумно скучала по тебе», — шепнула она ему на ухо.

«И я тоже».

Оливия отстранилась от него.

«Надо еще кое-что собрать».

«Так всего же на одну ночь».

«Нет, Тревор, сюда я больше не вернусь».

Хок удивленно взглянул на нее.

«И не станешь заканчивать съемки?».

«Съемки я закончу, но сюда больше ни ногой. Ненавижу это место. Куда ни ткнись, здесь всюду шнырял этот недоумок — тайком пробирался, рылся в моих вещах, вторгался в мое личное пространство».

Она решительно тряхнула головой.

«Все, с меня хватит».

«Да как скажешь».

«Вот я и говорю — сваливаем отсюда».

«Да без вопросов».

«Решено», — откликнулась Оливия.

Пока она заканчивала с вещами, Хок подошел к столу, на котором лежали собранные Оливией для него записки с угрозами. Всего их было четыре, написаны черными чернилами. Почерк с большим наклоном — судя по всему писались в спешке. В первой записке сплошные восхищения красотой Оливии, особенно ее тонкой талией и длинными ногами.

У Тревора от злости сжались кулаки.

Во второй записке этот ненормальный мечтал о том, чтобы прикоснуться к ее волосам и проверить, действительно ли они такие шелковистые, какими кажутся.

Однажды я увижу, как ты моешь голову для меня, совсем голенькая в душе, и вода струится по твоим великолепным грудям.

На этот раз у Тревора сжалось все внутри от чувства своей вины. Она отправляла ему фотографии всех этих записок, так что ничего нового в них он не увидел, но теперь, находясь в ее гримерке, буквально пропитанной страхом своей невесты, он не мог простить себе, что оставил ее наедине с этим ужасом.

Ты важнее, чем моя работа.

Правда, что ли?

Он подтвердил, что это чистая правда, однако ее вопрос все еще звучал у него в голове.

Хок вкалывал в своей команде, не покладая рук. Сделал много добра самым разным людям. Лично освобождал заложников, защищал глав государств и возвращал похищенных детей их отчаявшимся родителям. Бросать работу в Группе коммандос — отнюдь не простой выбор между заботой об Оливии и отсутствием заботы о ней. Да и этим все дело не ограничивалось.

Это означало отказ от свершения подвигов во имя добра, отказ от самого себя как от воина сил света, борющегося с силами тьмы. И будет ли верным такое решение все бросить? Или лучше попытаться найти какой-то компромиссный вариант, чтобы можно было быть рядом с Оливией в любой момент и при этом продолжать бороться со злом в составе Группы коммандос?

Но одно ему было ясно. Оливия оказалась сильнее духом, чем он думал. Получать такие записки и оставаться здесь, работать в чужой стране, практически не имея гарантий безопасности... Он увидел ее совсем с другой стороны, о которой даже не подозревал.

Хок пододвинул к себе третью записку и поразился ее жесткости. Кретин начал злиться и раздражаться.

Может, мне пырнуть тебя ножом и пустить тебе кровушку? Может, ты хоть с перепугу обратишь на меня внимание, которого я заслуживаю.

Тревор зажмурился. Надо взять себя в руки и действовать. Поймать этого ебаната и разобраться с ним раз и навсегда.

Он отбросил эту записку и взял следующую, самую последнюю — по ее содержанию было видно, что маньяк уже звереет.

Я слышу во сне, как ты визжишь от боли, умоляешь меня остановиться и заняться с тобой любовью. Я буду терзать тебя, пока ты не попросишь меня об этом. Буду мучить тебя, пока ты не скажешь мне, что ты моя навеки.

Что же это за одержимый, который, подобно Хоку, мечтает о ней перед сном и первым делом с утра. Все мускулы Хока вздулись от напряжения, в кровь ударил адреналин. Он был готов к нещадному бою.

«Мне нужен список всех, кто участвует в съемках. Где мне его раздобыть?».

«У режиссера, Эвана Локхида».

«Надо переговорить с ним, пока мы еще здесь».

Телефон Хока зажужжал — пришло короткое и приятное сообщение.

813 Рю де Шен. В любое время, Хок.

В ожидании вылета из Атланты он отправил СМС своему бывшему командиру. Мак О'Брэди отличный мужик, экспат, много лет живет во Франции. Хок слышал, что в последнее время дела у него идут не ахти как. Надо встретиться с ним. Еще один морской котик может оказаться весьма кстати.

$$4$$

Выбранный Тревором отель находился почти в часе езды от места съемок, однако, несмотря на усталость, Оливия была благодарна этому расстоянию. Чем дальше от студии, тем лучше. Пока они ехали, она размышляла о Треворе и о своих чувствах к нему, и с удивлением поняла, что нервничает.

Всего полтора месяца в разлуке, а они будто все начинают заново. Все началось когда-то в лесной хижине, в которой они застряли вместе волею судьбы, а потом плавно переместилось оттуда в их квартиру; а второй акт этого зигзага судьбы только начинается. До этой разлуки они никогда не расставались, а потому так и не научились любить друг друга на расстоянии.

Самой смешно.

Делаю из мухи слона.

Ну и что, что она нервничает? Это ничего не меняет в ее отношениях с ним. Она просто несколько отвыкла от близости с ним, но была уверена, что секс с Тревором будет таким же естественным, как и прежде. Однако в номер отеля она вошла в большом смятении.

Оливия вспомнила горную хижину, где они оказались вместе, свою тоску по ласке, когда она прислонилась к двери спальни с одной стороны, а он — с другой. Ей так сильно хотелось его, что противиться этому не было сил.

Дверь номера захлопнулась за ним, и она вздрогнула.

Что-то я не сгораю от страсти.

«Ты в порядке?», — спросил Тревор, бросая сумки.

Подошел к ней сзади и крепко обнял, будто поймал в капкан. Она пожала плечами и шагнула вперед.

«Да просто нервная какая-то».

Она взглянула на него с вялой улыбкой.

«Да это же я, все тот же я. Со мной тебе нечего бояться».

«Да все я знаю».

К своему ужасу Оливия поняла, что готова разреветься. Она подавила слезы и вскинула голову.

«Так тяжко на душе, Тревор».

Ее голос дрогнул, когда она произнесла его имя.

«Совсем тяжко. Я до смерти напугана».

«Я знаю, дорогая, и мне очень жаль, что тебе пришлось пройти через это в одиночку».

Он подошел поближе и обнял ее.

На этот раз она заставила себя расслабиться и представила, что он — это теплое, надежное пальто, которое защитит ее от бури. Запах его кожи был знакомым и резким, она прислонилась к нему.

«Извини».

«Да тебе не в чем извиняться. Столько всего пришлось пережить. Это ты меня извини».

Она кивнула, прижавшись к его груди, представляя, насколько все было бы иначе, если бы он был здесь в эти последние недели. Тогда ей не пришлось бы бояться, не пришлось бы рассчитывать только на свои скромные силы.

Не пришлось бы быть сильной духом.

Ее внутренний голос насмехался над ней. А все этот чертов персонаж, маркиза. По сценарию она превращалась в женщину, способную постоять за себя, и действия героини столь резко отличались от характера самой Оливии. Сама она слабое существо — теперь она это поняла. Дамочка в беде, ожидающая, что кто-то ее спасет.

А кто же может справиться с этим лучше, чем морской котик?

Заткнись, Оливия.

Хок прижал ее к себе, его эрекция упиралась ей в живот. Ей хотелось освободиться от этих навязчивых голосов в голове, от этих новых ожиданий, которые преследовали ее. Он уже здесь. Наконец-то он примчался ей на помощь. Ей больше не надо быть сильной.

Она широко распахнула глаза.

Пути назад нет.

Как только она увидела себя столь неприкаянной, она уже не могла забыть об этом и о своем желании стать лучше. Она шла своим путем самопознания, хотела она того или нет.

«Нам не обязательно заниматься любовью, если ты не хочешь», — сказал Тревор.

Она посмотрела на него.

«Хочу. Только без спешки, ладно? Столько времени прошло».

Глаза у него потемнели, и она увидела в них неукротимое желание. Ее руки скользнули вверх по его рукам и сцепились за его головой. Он наклонился и нежно поцеловал ее.

Оливия не могла припомнить, когда он был таким милым. Она неуверенно поцеловала его в ответ, ожидая, что он распалится, когда поймет, что она готова, однако ничего такого не последовало.

Она еще плотнее прижалась к нему всем телом. На этот раз он поцеловал ее так, словно еще вся ночь впереди и спешить им некуда, и первый импульс плотского желания забился у нее между ног.

Она открыла рот, исследуя и пробуя его язык на вкус, и была довольна, когда он невольно застонал. Ей этого так не хватало — единения с ним, огня страсти в своей груди. Он обхватил ее голову руками, но даже и в этом положении пленницы она умудрялась полностью контролировать их поцелуи.

Ее щеки начинали пылать.

«Я торчу от твоего стояка, — прошептала она. — Иногда я представляла, что ты рядом со мной, когда засыпала, и мы занимаемся любовью, но в реале все намного лучше».

Он тихо ругнулся себе под нос.

Она провела руками по его спине под рубашкой, чувствуя напряженные мускулы, которые были в ходу, когда он проникал в нее. От этой мысли она замурлыкала как кошка, ее тело извивалось, когда он пробовал ее рот своим языком.

Сколько раз она представляла себе это? Хотела ли она, чтобы он оказался в ее постели, чтобы его теплое тело согревало ее? Днем она жаждала его общества и защиты, а вот по ночам ей хотелось, чтобы его тело вдохнуло жизнь в нее.

Они все целовались и никак не могли нацеловаться.

Оливии стало жарко, она вся пылала. Одним ловким движением она сбросила с себя блузку, и его руки тут же оказались на ее груди. Она вспомнила, как он несчетное число раз ласкал их, поигрывая упругими сосками своим ртом и руками, и ей хотелось, чтобы все повторилось вновь.

Она поймала его жадный взгляд, сунула руки в бюстгальтер и выпростала груди из-под сковывающих их чашечек. Тревор скользнул вниз по ее телу, поочередно захватывая соски губами и потом лаская их всем ртом. Оливия невольно ахнула от охватившего ее возбуждения, ноги ее подкосились, и он тут же подхватил ее.

Теперь он действовал быстро, уже не ожидая подвижек с ее стороны. Расстегнул ее брюки и сбросил их на пол вместе с нижним бельем, оставив ее лишь в одном бюстгальтере, подпиравшем стоящие торчком над ним груди.

Оливия возилась с пуговицей на его джинсах, пока он не убрал ее руки и не скинул их сам, выпустив свой крепкий толстый член на волю.

«Ливи», — прошептал он, приподнимая ее повыше.

Она обвила его ногами, он развернулся и крепко прижал ее к стене.

Ей хотелось, чтобы он вот так и взял ее, и она выгнулась в бедрах навстречу ему.

«Давай», — шепнула она.

Он нашел вход в ее женское естество и одним сильным толчком загнал весь стояк внутрь. Стена беспощадно помогала ей принять его на всю длину, похоть хлестала через край, охватывая всю ее до кончиков пальцев.

Вот этого мне и не хватало.

Ее тело помнило все. Тревор блаженствовал в глубинах ее лона, то погружаясь в него до упора, то отступая и задыхаясь от наслаждения. Он жарко дышал ей в самое ухо и постанывал от удовольствия.

Ее ноги висели в воздухе, Тревор держал их руками под коленями, прижимая ее спиной к стене. Сила его толчков и его явное неистовое желание обладать ею приводили ее в экстаз.

Она закрыла глаза, перед ними по мере приближения кульминации все чаще вспыхивали яркие огоньки. Постанывания Тревора нарастали, когда ее мышцы крепко сжимали его член. Она получала неизбежное, не могла увернуться, и это возбуждало ее еще сильнее. Его толчки становились быстрее и сильнее, невероятно продлевая ее оргазм, пока он тоже не приблизился к пику блаженства. Его тело напряглось, и он бурно кончил.

В темноте слышалось ее учащенное дыхание. Тревор вынул член на несколько дюймов и снова резко вошёл в ее уже возбужденную плоть, от чего она невольно вскрикнула.

Сейчас они были так близки, что ближе некуда. Редко кто испытывает такое слияние душ, как у нее с Тревором. Теперь она была в этом уверена, а потому больше никогда не расстанется с ним.

Он повернул голову, прижавшись лбом к ее лбу, их дыхания смешались. Теперь они вновь были одним целым, наконец-то воссоединившимся.

«Я люблю тебя», — прошептала Оливия.

«И я тебя люблю, моя радость».

5

———

Оливия пальцами ног повернула сливной переключатель вниз и спустила немного воды из ванны, чтобы добавить горячей. Вся суета и растрепанные чувства улеглись, пора успокоить и душу.

Когда-то преподаватель актерского мастерства сказал ей, что это нормально — чувствовать себя поверженной и подавленной после комедийной сцены, и она задумалась, а нормально ли чувствовать себя грустной и эмоционально опустошенной после безумного секса с любимым мужчиной.

Может и нет.

Она вытерла нос с признаками насморка и откинула голову на фарфоровое изголовье. Но не только секс сводил ее с ума. Она нащупала какую-то твердую коробочку в кармане брюк Тревора и готова была поклясться, что в ней лежит обручальное кольцо.

А чему тут удивляться. Они уже много раз говорили о браке. Она даже стала называть его своим женихом еще до Франции, и, видит бог, была этому рада.

Оливия насупилась. Когда же она перестала его так

называть? Она попыталась припомнить, но тщетно — ничего такого на ум не шло. Было лишь ощущение того, что все произошло в спешке и вышло из-под ее контроля.

Да ты никогда и не пыталась хоть что-нибудь контролировать.

Между ее отношениями с Марко и Тревором практически не было никакого перерыва, никакой возможности поразмышлять о жизни и о себе. Поэтому когда она оказалась во Франции и начала сниматься в этом фильме, проявился разительный контраст между сильной натурой ее героини и ее собственным путанным мировосприятием.

В ее отношениях с Марко всем командовал он. Он за все отвечал, а она ему за это все позволяла. Потом в ее жизни появился Тревор — сильный альфа-самец, который взял всю инициативу на себя. Но теперь она вовсе не была так уверена, что хочет слепо следовать тому, что кто-то другой считает правильным для их отношений или для нее.

И от Тревора она ждала чего-то большего.

Да и люблю я его за нечто большее.

По правде говоря, в глубине души она боялась, что перемена в ее мироощущении изменит и ее отношения с ним, но этот вечер успокоил ее нервы.

Их чувства взаимны, и она сама контролировала глубину их проявления Тревором. Оливия посмотрела на свою левую руку — безымянный палец больше не уродовало обручальное кольцо Марко. Эх, если бы еще и камень с души свалить было бы так же просто.

Она закрыла глаза и вздохнула. Ну, раз теперь она снова в безопасности, то и жизнь вернется на круги своя. Она знала, что так и будет.

Все актеры, снимающиеся вместе с ней в фильме,

теперь казались ей подозрительными, однако поди узнай, кто из них действительно опасен. Режиссер — Эван Локхид. Ее партнер по фильму Энтони Уир. Майкл Рот в роли маркиза де Сажа. Она вспомнила еще дюжину имен.

Тревор прокручивал в голове разные варианты в поисках маньяка, она же смотрела на все происходящее гораздо реалистичнее. Съемки фильма через две недели закончатся, так что вряд ли его успеют поймать за оставшееся время.

А что, если и дома будут приходить эти записки с угрозами?

Ей вовсе не хотелось сейчас тратить на это нервы. Может, все связано с этими съемками — она улетит домой, а этот придурок останется во Франции.

Оливия закрыла слив, мысленно переключившись на фильм и сцены, которые им предстояло снимать завтра. Их было две: первая — сцена в больнице, где умирает ее возлюбленный, вторая — сцена в душевой, где она разрыдалась из-за него.

И вдруг ее будто толкнули в бок — сцена в душевой и записка от маньяка о том, как она моет голову.

Однажды я увижу, как ты моешь голову для меня, совсем голенькая в душе, и вода струится по твоим великолепным грудям.

Она широко распахнула глаза.

Для сцены в душевой у нее была дублерша, поскольку контракт не предусматривал обнаженку. Эван был этим крайне недоволен. Он говорил с ней об этом, когда она прилетела во Францию, и пытался убедить ее сняться в этой сцене самой, но безуспешно. Перед глазами всплыли строки этой чудовищной записки, но теперь она восприняла их совсем иначе — будто ненормальный сокрушается о том, что это не она будет голой в том душе.

Однажды я увижу, как ты моешь голову для меня, совсем голенькая в душе...

Оливия резко села, расплескав воду по всей ванне.

Однажды я увижу, как ты моешь голову для меня...

Для меня.

Неужели этот маньяк намекает на завтрашнюю сцену, сокрушаясь, что на самом деле голой в ней будет не она?

Оливия завернулась в полотенце, пулей выскочила из ванной, на бегу включая свет в спальне, и дрожащими руками разложила в ряд эти чертовы записки.

«Ливи? Что стряслось?», — спросил Тревор с кровати.

«В сцене в душевой актриса должна быть голой, но у меня есть дублерша, которая снимется вместо меня. Вторая записка может намекать на эту сцену».

Она услышала, как он мигом натянул джинсы и подскочил к ней.

«А другие?».

Может, мне пырнуть тебя ножом и пустить тебе кровушку?

« Ближе к концу фильма есть сцена, в которой мой муж втыкает в меня нож. И еще вот это:

Буду мучить тебя, пока ты не скажешь мне, что ты моя навеки.

Тоже может быть из фильма. Она идет на могилу своего возлюбленного и восклицает, что будет вечно верна ему. Тревор, кто бы ни писал эти идиотские записки, у него есть доступ к сценарию».

«Насколько это сужает круг подозреваемых?».

«Больше чем наполовину. Большинству сотрудников сценарий ни к чему».

«Позвони режиссеру, пусть он отметит таких в своем списке».

По спине Оливии пробежала дрожь. Неужели злодей сосем рядом, ближе всех к ней, чем другие участники съемки? Энтони. Майкл. Эван.

«Он хотел, чтобы я сама снялась голой в душевой».

«Кто хотел?».

Она сглотнула слюну.

«Режиссер. Эван Локхид».

«Тогда может он нам и нужен».

Оливия молча кивнула, чувствуя, как к горлу подступает тошнота. Она вспомнила, как он то и дело лапал ее, переставляя в мизансценах, вспомнила каждый взгляд, который он бросал на нее из другого конца павильона. Раньше она всегда думала, что режиссер просто слишком ревностно относится к своему видению фильма, а вот поди ж ты — на поверку все может оказаться гораздо сложнее.

Смертельно опасно!

6

Б ыло всего девять вечера, а казалось, что намного
позднее: Тревор еще не перестроился на новый
часовой пояс, да и не до сна ему было. К счастью,
GPS-навигатор в машине Оливии вещал на английском,
так что он без труда доехал до студии.

Оливия сладко спала, и он оставил ей записку на
случай, если она проснется. Ему хотелось лично проверить ночную охрану студии, а потом повидаться с
Маком.

Парковка была пуста. Он сунул пистолет в кобуру и
достал из сумки фонарик. Главная дверь студии была
заперта и, скорее всего, оборудована сигнализацией,
поэтому он начал искать другой вход.

Хок изучил расположение помещений еще в самолете. На схеме были показаны огромные открытые
пространства, которые на самом деле оказались загромождены декорациями, однако планировка была той же.
Он пробрался к каждому из четырех боковых входов,
обнаружил, что два из них открыты, и скользнул через
один из них внутрь.

Теперь он был менее чем в ста ярдах от гримерки Ливи.

Вот тебе и вся безопасность.

Пока они лежали, прижавшись друг к другу в постели, она объяснила ему, что многие из актеров предпочитают жить прямо на студии, а не снимать квартиры или номера в отелях за ее пределами. Поскольку они находились далеко от большого города, многие актеры воспользовались этим преимуществом на время съемок, включая и партнера Оливии по фильму Энтони Уира, чья комната находилась через две двери от ее комнаты.

Слишком близко, чтобы это не насторожило Хока.

Он направился в комнату Уира, рассчитывая, что тот все еще находится в больнице. Замок легко открылся, и Хок оказался внутри. Быстро обыскал вещи Уира и нашел блокнот, но явно не тот, в котором писались записки для Оливии, фотографию Уира в рамке, на которой он обнимает другого мужчину, две синие ручки и смазку для однополого секса.

Было вполне очевидно, что Уир тут ни при чем.

Хотя Локхид не жил на студии, у него здесь же, на территории, стоял свой трейлер, куда Хок и направился. Замок на двери режиссера оказался заметно лучше, но остановить тренированного морского котика он не мог. Хок быстро отпер его и забрался в трейлер.

Там царил такой беспорядок, будто кто-то уже побывал с обыском до него. Он перерыл кипы сценариев и других бумаг, но так и не нашел ничего, что указывало бы на связь Локхида с угрожающими записками.

Режиссер отправил Оливии по электронной почте список актеров и работников съемочной группы мужского пола, имеющих доступ к сценарию. В нем было двадцать семь имен. Однако остальные, у кого были свои комнаты на студии, наверняка сейчас в них и спали. Тревор вернулся к машине и перенастроил GPS.

Пора решить гораздо более сложную задачу.

Недовольно поморщившись от своих мыслей, Хок выезжая обратно на трассу. В былые времена он относился к своему командиру с таким уважением, как больше ни к кому другому. Мак был на двенадцать лет старше и на много световых лет мудрее молодого Тревора Хокинса и нес единоличную ответственность за то, чтобы поддерживать самолюбия Тревора на разумном уровне.

Ему многому предстояло научиться, и именно Мак научил его всему. Под бдительным оком своего командира он стал бойцом, однако через два боевых задания все, чем жил Мак, разлетелось в клочья, как от взрыва, и это было еще не самое худшее.

Увы. Самым страшным был сам взрыв, оторвавший Маку ногу.

Хок резко свернул и поехал по дороге, уходящей куда-то в темноту.

Военная карьера Мака завершилась трагически, а вместе с ней и карьера самого Хока в Группе коммандос тоже могла заглохнуть на корню. Черт, Мак вполне мог бы управлять такой компанией как Группа коммандос, если бы остался на плаву.

Хок нахмурился.

Мак мог бы управлять Группой коммандос.

Безумная мысль. Просто нереальная. Все, что он слышал о Маке за эти годы, было нелицеприятным. Якобы он беспробудно пьет и забросил все попытки отыскать свою жену и ребенка, которые, судя по всему, и не хотели, чтобы их нашли, уж тем более Мак.

Но так ли все было на самом деле?

Да и было все это много лет назад. Может, он уже обрел свою опору и нашел новый способ выживать в этом мире. Может, он даже стал прежним — сильным, самостоятельным и мудрым. Образ Мака тех давних времен заставил его задуматься.

Так я же могу открыть еще один офис Группы коммандос.

Эта идея крутилась у него в голове с тех пор, как Оливия согласилась на съемки во Франции. Если бы он командовал своим филиалом охранной фирмы, то мог бы действовать по своему усмотрению точно так же, как Джакс сам себе назначает рабочее время и участие в операциях после того, как Джесса родила ребенка.

Ходила шутка, что когда-то Ковбою придется открыть филиал в Техасе. Но насколько реален такой вариант? Да и пойдет ли Джакс на это?

Если Мак уже в порядке, он мог бы запросто руководить операциями так же, как Ковбой, а у Хока были бы руки развязаны. Он все еще может изменить свою жизнь, все еще может найти полезное применение своему опыту тренированного морского котика, все еще может нести добро и пользу людям.

Хок два раза быстро свернул и остановился перед одноэтажным каменным домом. Взял ключи от машины и пошел по дорожке к дому, не зная, что его там ждет.

На крыльце кто-то поднялся из тени.

«Привет, Хок».

«Привет, Мак».

Они обнялись. В воздухе витал легкий запах алкоголя.

«Мы думали, что тебя уже нет в живых».

«И часто ты забрасываешь мертвецов сообщениями?», — усмехнулся Мак, отстраняясь от Тревора.

Хок ухмыльнулся.

«Так ходят слухи, что ты выжил. Но я же и сам был там — прям чудо, блин, какое-то».

«Давай-ка входи».

Хок прошел вслед за ним через узкий коридор на кухню, где Мак и обернулся.

В последний раз, когда Хок видел эти глаза, они смотрели на него сквозь черную краску на лице во время разведывательной операции в Афганистане семь лет назад. В памяти всплыла картина давно минувших дней — повсюду грохочут выстрелы, будто запускают фейерверки на День независимости, и Мак твердо говорит ему, что они прорвутся и выполнят свое задание любой ценой.

Эта женщина надеется, что мы спасем ее мужа.

Хок помнил все. Последний рывок на территорию и последовавший за ним взрыв. Свою реакцию на потерю трех бойцов и почти нервный срыв Мака. Тот отвечал за каждого из погибших парней не только по бумагам, но и по совести.

Мак подошел к кухонной стойке и плеснул в стаканы немного виски. Хок отметил про себя, как с годами изменился его наставник. С морщинами на лице все понятно. Однако явная усталость, лопнувшие капилляры на щеках бывшего командира и темные круги под глазами говорили о больших сложностях.

«Ну, будем!», — сказал Мак, поднимая свой стакан.

Тревор тоже поднял стакан и залпом проглотил его содержимое. Этот глоток виски будто отбросил его назад во времени.

«Как же, черт возьми, ты остался в живых после такого взрыва?», — спросил он.

«Меня выбросило через забор на соседний участок».

Он задрал штанину и показал протез.

«Вот, ногу потерял».

«Твою ж мать! Я слышал про это».

Мак грубовато хохотнул.

«Вот именно. А ты сам-то как? Чем занимаешься?».

«Работаю в компании под названием «Группа коммандос». Частная служба безопасности. Секретные операции, передача выкупа. В общем, в таком духе. А ты как устроился во Франции?».

«Это земля семейства моей жены».

«Она тоже здесь?».

Мак удивленно взглянул на него.

«Нет, да ты же и сам знаешь. Она бросила меня, когда я не смог бросить работу, не смог вытащить свою чертову голову из задницы и вспомнить, что у меня есть семья, которой я нужен. Мне кажется, что когда-то она вернется. А пока, раз уж она не хочет, чтобы ее нашли, то искать мне ее бесполезно».

Он прикончил свою выпивку.

«Каким ветром тебя занесло сюда, Хок?».

А тот и не знал, с чего начать. Все оказалось не так просто и однозначно, как он думал раньше. Он был столь многим обязан этому человеку, даже больше, чем сам полагал, однако расстояние и прошедшие годы будто воздвигли невидимый барьер между ними. Но теперь, оказавшись с глазу на глаз с Маком, Тревор понимал, что не может просто побазарить ни о чем и убраться восвояси.

Мак по уши погряз в своих проблемах, он отчаянно нуждается в ком-то, кто бросит ему спасательный круг.

«Моя девушка работает здесь уже несколько месяцев. Она актриса. Брук Бэрронс».

Обычно это имя вызывало определенную реакцию, но не в случае с Маком.

«Так а ко мне-то зачем явился?».

Тревор все еще пытался собраться с мыслями, но кое-какие идеи уже пробивались в его мозгу.

«Ну, это, рядом оказался».

«Ни раньше, ни позже?».

Хок пожал плечами.

«Так я вообще впервые во Франции».

«Я пять месяцев провалялся в госпитале имени Уолтера Рида»

Тревор опустил взгляд на свои руки, впервые почувствовав себя виноватым за то, что его друг сползает вниз по наклонной.

«Знаю».

Хок оторвался от своих рук и посмотрел на Мака.

«Извини, что не навещал. Я слышал, у тебя дела не фонтан».

Мак невесело рассмеялся.

«Можно и так сказать. И что же ты слышал?».

«Когда ты был в Риде? Что тебе чертовски повезло, что ты выжил, но что радости тебе это не добавляет».

«А после Рида?».

Хок заколебался. Все, что он слышал, было несомненно правдой, и доказательства тому видны повсюду в этом крошечном каменном доме. Он поднял глаза на Мака.

«Что ты спиваешься, ожидая возвращения жены».

«И детей. Две девочки и мальчик».

Мак пошел в гостиную, Хок следом за ним, озираясь по сторонам. Сельские пейзажи в приглушенных тонах. Книжные полки, которые ломятся от книг. Ничего такого, что бы говорило о присутствии Мака, хотя он живет здесь уже много лет. Все это не его и совсем не в характере Мака. Нельзя ему торчать здесь в одиночестве, утопая в жалости к себе и ожидая женщину, которая может никогда и не вернется. Он воин. Настоящий герой. Так больно видеть, что удача отвернулась от него.

«Ты когда-нибудь думал о том, чтобы вернуться?».

«А на хрена?».

«А как насчет службы? Частной службы безопасности. Типа того. Готовый кадр, и учиться ничему не надо».

«Нет уж, спасибо».

«Да потрудился бы во благо людей, чем торчать в этом доме».

Мак насупился, глядя в свой стакан.

«Да что ты об этом знаешь».

«Знаю, что ты был моим лучшим командиром, и вижу, что теперь ты на сплошном негативе».

Мак встал.

«Это уж мое личное дело, Хок. Ты приперся, посмотрел на меня и решил, что во мне что-то надо исправить. Но я не поломанный механизм. Мне не нужна пара деталей и немного машинного масла, чтобы заставить мои суставы снова двигаться. У меня была своя жизнь. Активная, насыщенная событиями жизнь с двумя ногами, карьерой и самой красивой женщиной в мире. Хочешь знать, как ты можешь помочь мне? Потеряй все, что у тебя есть, а потом возвращайся сюда, и мы поговорим о позитиве».

Хок и представить себе не мог, через что тому пришлось пройти. От одной мысли о потере Оливии его прошиб холодный пот. А Мак потерял жену и троих детей. Нога — да бог с ней, с этой ногой, не это главное. Главное совсем в другом.

Мак недооценивает себя. У него талант, дар менять окружающую реальность к лучшему.

«Ни к чему тратить свою жизнь попусту», — с горечью заметил Хок.

Мак повысил голос.

«Я не нуждаюсь в твоей помощи».

«Не вешай мне лапшу на уши».

Мак направилась к двери.

«Вали отсюда. В другой раз, когда надумаешь заскочить ко мне, сначала хорошенько подумай».

Хок не двинулся с места. Ответ буквально стоял прямо перед ним и смотрел ему в глаза. Маку надо вернуться в бурный ритм жизни, а Хоку нужен человек с таким опытом и знаниями. Он перехватил обозленный взгляд Мака.

«Работай со мной», — сказал Хок.

«Что?».

Хок подошел к нему.

«То, что слышал. Работай со мной. Мне нужен гибкий график работы, возможность быть вместе с Оливией, когда у нее съемки на выезде. А для этого надо быть начальником».

Он сунул руки в карманы.

«Пока это совсем свежая и ни с кем не согласованная идея, но я хочу открыть офис Группы коммандос в Нью-Йорке, и мне нужен тот, кто будет им управлять. Мне нужен ты, Мак».

Мак расхохотался.

«И ты хочешь, чтобы я перебрался в Нью-Йорк? Во всех слухах есть доля правды, Хок. Они шлейфом тянутся за мной».

«Так обруби этот шлейф и вперед на баррикады».

«Нет».

Хок упер руки в бока, глядя на стоявшего перед ним потерявшего веру в себя уважаемого им человека.

«Да ты же просто гниешь здесь заживо».

Мак подошел к двери и открыл ее для Хока.

«Может я и гнию здесь заживо, зато сам по себе и как мне на душу ляжет».

«То есть, спиваешься».

Мак был уже не таким шустрым, как когда-то. Он замахнулся, чтобы врезать Хоку в челюсть, но тот на лету перехватил его кулак.

Как далеко все зашло, и как глупо. Тревор видел по глазам Мака, что тот на этом не остановится, поэтому просто развернулся и ушел. Всех не спасешь.

Если погибающий не хочет спасаться, то делу хана.

7

Оливия проснулась с первыми рассветными лучами. Она уже давно не чувствовала себя так спокойно.

Взглянула на себя в зеркало и вздохнула, заметив тень улыбки на своих губах. Как хорошо, что Тревор с ней — все опасения за судьбу их отношений рассеялись, как утренний туман, и все стало наконец-то ясно и понятно.

Теперь можно помечтать и о совместной жизни. О том, что она все время будет делить постель с Тревором, и на душе у нее потеплело. Да, она выйдет за него замуж, станет его женой. Может, когда-то даже и родит ребенка.

И уж точно никаких больше съемок за границей. Находиться вдали от него слишком тяжело, а жизнь слишком коротка, чтобы решать еще и это уравнение. Нет уж, лучше сидеть вместе в Штатах и в будущем отдавать такие роли другим актрисам — безопасность важнее карьеры.

Как сейчас, так уж точно. Но что будет через год, когда этот маньяк исчезнет, а тебе предложат роль, о которой только мечтать можно?

Она тряхнула головой. Нашла, о чем думать. Тут других хлопот полон рот.

Оливия нанесла тени на веки. Визажисты в студии смоют их, ну и ладно. Сейчас она хочет хорошо выглядеть для Тревора, когда он вернется.

Она взяла широкую кисточку и подрумянила скулы. Гримеры пришли бы в ужас — они наоборот всегда подчеркивают впадины на ее лице, а не выпуклости. Но ей лично так больше нравится, да и приятно хоть немного побыть самой собой.

Дверь открылась, и она улыбнулась.

«А я уж начала беспокоиться, куда ты пропал».

Она достала из сумочки тушь. Дверь в номер захлопнулась.

«Я здесь, дорогой».

Оливия обернулась и вскрикнула от ужаса, но кто-то в темном уже подскочил к ней, зажал ей рот своей огромной лапой и повалил на пол. Вот оно, чего она так боялась с момента получения самой первой записки. Тот самый маньяк, который хочет увидеть ее голой, увидеть мертвой.

Он вытащил ее из номера. Все, о чем она могла думать в тот момент, был Тревор — как сильно она его любит. И она молила бога увидеть его снова.

8

———

Оливия исчезла.

В Треворе бушевал адреналин, он весь был на взводе. Нервы натянуты, как струна, мышцы готовы к бою, голова лихорадочно прокручивает варианты.

«Ты не пьян?», — спросил он Мака, сидевшего рядом с ним в арендованной машине Оливии, когда они мчались к студии.

«Да могу запросто сбить выстрелом яблоко с головы монашки».

«Понял. Ты мне нужен в боевой готовности».

«А ты знаешь, куда ее заховали?», — спросил Мак.

«Блин, да я даже не знаю, кто ее похитил».

Хок шибанул рукой по рулю.

«Режиссер. Пока у меня в голове крутится только режиссер, Эван Локхид».

Они неслись, не сбавляя скорости на поворотах и уклонах.

«Кто бы ее ни похитил, вряд ли он привез ее на съемочную площадку», — заметил Мак.

«Согласен. Но все возможные подозреваемые должны быть в студии через тридцать минут. Надо сузить круг поиска. Получить адреса. Я, бля, даже не знаю, с чего начать».

Тревор проклинал себя и свой затянувшийся разговор с Маком, вместо того, чтобы вернуться в отель и забрать Оливию. Одному богу известно, когда ее похитили. Осталась лишь записка, нацарапанная почерком маньяка:

Я забираю то, что принадлежит мне.

Хок въехал на стоянку студии и выскочил из машины, держа пистолет в кобуре на боку. Мак шел в двух шагах позади него. Как и в первый раз, когда Тревор приезжал на съемочную площадку, никакой охраны нигде не было — заходи кому не лень. Он смачно выругался.

Вдалеке в традиционном режиссерском кресле сидел какой-то человек с открытой папкой на коленях.

«Локхид!, — рявкнул Хок, человек поднял голову. — Где она?».

Режиссер встал, роняя папку на землю.

«Кто? Не пойму, о чем ты или о ком».

Хок схватил его за шиворот.

«Об Оливии, черт тебя дери».

«Так она же была с тобой».

Мак наклонился, поднял папку и принялся ее листать.

«Тот самый почерк?», — спросил он, показывая страницы Хоку.

«Нет, но это не значит, что писал не он».

«Ты про записки с угрозами? С чего бы мне их писать», — возмутился Локхид.

Хок ослабил хватку на воротнике рубашки режиссера, но не отпускал его.

«Писал кто-то из тех, у кого есть доступ к сценарию».

«Так это половина съемочной группы!, — прохрипел режиссер. — И еще больше, если кто-то снял копии».

«Тревор!», — раздался голос Оливии.

Тревор обернулся и стал искать ее глазами. Она стояла на крыше того же дома, откуда стрелял снайпер, позади нее, наполовину прячась за ней, возвышался какой-то габаритный мужик.

«Да это же гребаный телохранитель!», — воскликнул Хок.

Народ вокруг них стал с криком разбегаться или бросаться на землю. Локхид выругался и стал вырываться из рук Хока, тоже пытаясь убежать. Хок отпустил его, поискал глазами укрытие и спрятался за тележкой с яблоками. Мак укрылся за прилавком в десяти футах от него.

Хок вытащил пистолет.

«Отпусти ее!».

Во второй раз за пару дней на площадке раздался выстрел.

«Этот ушлепок открыл по нам огонь», — сказал Мак.

«Прикрой меня, — отозвался Хок. — Я бегу туда».

«Понял».

Пока Мак стрелял, Хок стал перебежками пробираться к дому, укрываясь за навесом, и благополучно пересек открытый участок. Он быстро обогнул дом и снова взобрался по лестнице, ведущей на крышу, как и в первый раз.

Теперь над Оливией нависла реальная угроза. Если телохранитель хочет убить ее, то Хок может и не успеть. И он упорно твердил себе под нос «нет, нет, нет», отчаянными рывками взбираясь на крышу. Продолжающаяся стрельба давала ему надежду, что Мак все еще отвлекает внимание маньяка.

Наконец он оказался на крыше — Оливия рыдала, с ужасом глядя на своего похитителя. Хок достал пистолет, еще один был спрятан у него на лодыжке на случай, если вдруг понадобится.

«Отпусти ее!», — заорал он.

Телохранитель повернулся к нему, прикрывшись Оливией.

«Она — ходячее зло. Ведьма, которая уничтожит нас все».

Судя по искреннему выражению лица, у парня явно напрочь снесло крышу. Хок вспомнил, как его учили обращаться с теми, кто тронулся умом.

«Да брось ты, все совсем не так. Она просто молодая женщина. Невинная и благопристойная».

Говоря это, он медленно приближался к ним.

Телохранитель согнул в локте руку с оружием и приставил пистолет к шее Оливии, от чего та стала в голос всхлипывать.

«Не приближайся!».

«Ладно, стою. Слушай, я стою на месте. Давай прекратим все это прямо сейчас. Просто отпусти ее».

«Она должна умереть».

Оливия зарыдала еще громче. Хок направил пистолет на идиота, но точный выстрел мог не получиться.

«Отпусти ее! Ты совершаешь ошибку».

Грянул выстрел, телохранитель с Оливией свалились на крышу. На мгновение Хок растерялся — в кого попала пуля.

«Нет!», — заорал он и кинулся к Оливии как раз в тот момент, когда та попыталась освободиться из лап маньяка.

Хок опустился на колени перед ними — из-под телохранителя по раскаленной крыше быстро растекалась лужа крови. Хок не нашел, куда попала пуля. Он проверил пульс — сердце еле билось. Хок подал знак Маку, что все в порядке, и крикнул, чтобы вызвали скорую помощь. Потом вернулся к Оливии и перерезал складным ножом веревки на ее запястьях.

«Что это было?».

«Я ждала тебя. А он просто вошел и схватил меня».

«Издевался?».

«Связал меня и бросил в кузов фургона. Я ударилась головой. Он все время что-то бормотал о том, что я все испортила».

Хок крепко прижал ее к груди.

«Слава богу, с тобой все в порядке».

«А где тебя носило? Да так долго».

«Извини. Я ездил навестить своего старого друга. Мой боевой товарищ. Он там, на съемочной площадке, и только что спас тебе жизнь».

«Значит, будет и моим другом».

Хок улыбнулся и попытался рассмеяться, но вместо этого судорожно всхлипнул.

«Он уже твой друг».

9

Мак сидел на одном из стульев возле больничной палаты Брук Бэрронс, Хок — рядом с ним. Голова у него раскалывалась с похмелья, мозг сверлило нещадное гудение флуоресцентных ламп в коридоре.

Посмотри, что ты с собой наделал.

Он откинул голову, прислонившись ею к крашеной кирпичной стене, и старался открывать глаза пореже. Хорошо бы выпить, отвлечься, расслабиться. Однако сейчас это в его планы не входило.

Он согнул пальцы правой руки — чувствительность медленно возвращалась легким покалыванием по мере того, как действие местной анестезии прекращалось. Мак поранил предплечье, напоровшись на проклятую тележку с яблоками, да так сильно, что пришлось наложить двадцать семь швов.

Душу ему грело то, что он кому-то помог.

Помог реально, защищая то, что стоило того. Прошло чертовски много времени с тех пор, как он делал это в последний раз. Слова Хока, сказанные ему дома, беспрестанно крутились у него в голове. В них был какой-то позитив. Не растрачивай жизнь попусту. Работай со мной.

Блин, пустые мечты — он по уши в дерьме, а Хок делает ему такое предложение. В такой крутой вираж верится с трудом. По правде говоря, Мак никогда и не собирался тихо спиваться в одиночку, отгородившись от всего мира в трехсотлетнем домике в другой стране. Он просто не знал, что делать дальше.

Как жить дальше.

Перед глазами все время стояло лицо Элли — ее вечно смеющиеся темно-карие глаза, ее бледно-коричневая кожа, круглый год усеянная веснушками. Когда он впервые увидел ее, ей было шестнадцать — пышная грудь, скрытая спортивной футболкой, и соблазнительные ноги, обтянутые джинсами, из которых она уже выросла.

Одним словом, красотка.

Сам он был в военной форме, готовый к отъезду и весьма гордый собой. В тот день он поцеловал ее и по ее неуверенному и неопытному ответному поцелую понял, что она невинная девственница. Страсти нарастали, и она захотела отдаться ему. Ему потребовалось все его самообладание, чтобы отказать ей. Он понимал, что ранил ее чувства, даже когда обещал вернуться, когда она станет достаточно взрослой для большего.

Слова эти были сказаны мимоходом, но он никогда их не забывал. Он слышал голос Элли во сне, мысленно разговаривал с ней, когда был один или на задании. Через четыре года он вернулся и вместо милого подростка увидел перед собой красивую девушку — взрослую девушку, которая хранила себя для него.

Он лишил ее девственности в гостиничном номере,

когда они выпили полбутылки шампанского, и был с ней максимально нежен, держась над ней на руках и наблюдая за выражением ее лица, пока она осторожно впускала его в себя. Он получил дар, которого не заслуживал — сначала ее тело, а потом и ее сердце.

Спустя шесть недель они поженились.

Элли забеременела до того, как он отправился на второе задание, и фотографии их маленькой дочери покорили его сердце так же быстро, как когда-то и ее мама. К тому времени, когда Мак познакомился с Хоком, они с Элли были женаты уже восемь лет и имели троих детей, но реально им довелось пожить вместе меньше полутора лет.

Каким же дураком он был, что не слушал ее рассказы о бессонных ночах и о том, как часто она страдает в своей постели, лежа одна, без мужа во плоти. Но он был влюблен в свою работу так же сильно, как и в нее, и все силы отдавал службе морским котиком. И вот теперь, когда его глаза открылись, он ясно видел каждый гвоздь, вколоченный им в крышку гроба их счастливой жизни, но прошлого не вернешь — Элли бросила его.

«Спасибо тебе за помощь», — сказал Хок, выводя его из задумчивости.

«Пустяки».

Его голос был хриплым и более низким, чем обычно, как бывает с похмелья.

«Когда-то ты спас меня, когда я тонул. А теперь вот Оливию. Ее ты тоже спас».

Мак порылся в кармане.

«Забыл тебе отдать».

Он протянул Хоку маленькую коробочку с обручальным кольцом внутри, чувствуя какое-то стеснение в груди. Ему очень хотелось дать совет своему другу, но кто же станет слушать такого старого придурка.

Не принимай ее как данность.

«Откуда она у тебя?», — удивился Хок.

«Ты обронил ее, когда Оливию загружали в скорую помощь».

Тревор открыл коробочку и со вздохом посмотрел на сверкающий бриллиант.

«Я облажался, Мак. Даже не подумал о том, что место, где она находится, можно определить по ее телефону».

«Бывает. Ты сделал все, что мог».

«Все да не все. Никогда больше не оставлю ее одну».

Мак скрестил руки на груди и вытянул ноги.

«Вечная проблема. Как же ты собираешься быть рядом с ней и в то же время делать свою работу?».

Хок взглянул на него.

«Уйду из Группы коммандос».

«Вот так просто?».

«Вот так просто. Все остальное не важно».

«Осторожнее на поворотах. Не зацикливайся на ее безопасности в ущерб себе».

Хок внимательно посмотрел на него.

«Да кто бы говорил».

Мак взглянул на свои руки — на фоне загорелой кожи ярко поблескивало золотом его обручальное кольцо.

«Во всем должна быть мера. Я ее так и не нашел. И теперь я всего лишь старый пьянчужка, который все ждет ту женщину, которой он даром не нужен. Я знаю каждое мгновение каждого дня своего пути по наклонной, уж поверь мне».

Хок молчал, и Мак решил, что тот раздумывает, как

бы не очень обидно выразить свою жалость к нему. В тот момент ему отчаянно захотелось оказаться дома, со стаканом виски в руке, и чтобы Тревор Хокинс был за много тысяч миль от него, там, где ему самое место. Хватит, насмотрелся уже в это зеркало.

«Работай со мной», — сказал Хок.

Мак фыркнул и покачал головой.

«Опять ты за свое».

«Помоги мне раскрутиться. Займись повседневными делами, чтобы я мог уделять больше внимания Оливии».

«Не получится».

Однако, несмотря на эти слова, в душе его мелькнула слабая искорка надежды. Он снова может стать командиром. Руководить секретными операциями. Изменить свою жизнь. И он проклял Тревора за то, что тот разжег в нем это пламя надежды, зная, что этому костру пылать не суждено. Так же невозможно, как достать звездочку с неба.

«А какого хера нет-то?», — разозлился Хок.

Мак посмотрел ему в глаза и открыл было рот. А сам он не видит, что ли? Не понимает? Придется объяснить по буквам.

«Потому что я в отстое, чувак».

Хок пожал плечами.

«Да по хрену мне твой протез».

«Дело не в протезе, Хок».

Он ударил себя кулаком в грудь.

«А вот здесь».

Повисло тягостное молчание. Хок встал.

«Так выруливай на нормальную дорогу. Дай по зубам ушлепкам. Надери задницу засранцам. Не сиди, сложив крылья, и не жди с моря погоды».

«Я жду возвращения своей жены и детей».

Мак нахмурился. Он знал, что Хок прав, но это ничего не меняло.

«Я и живу-то только ради них».

Мак встал, бросил взгляд на Хока и пошел прочь. Он все решил для себя задолго до этого разговора.

Тревор подскочил к нему.

«В твоем распоряжении будут все ресурсы Группы коммандос».

Мак шел, не останавливаясь, глядя прямо перед собой.

«Ты сможешь найти их, Мак».

Мак застыл на месте. Все эти годы он угрюмо ждал Элли, не имея возможности самому разыскать ее. И ему было хорошо известно, что за ресурсы Хок имеет в виду. Компьютерные базы данных. Связи с государственными органами.

Я мог бы найти ее.

На каком бы краю света она ни была. На это уйдет куча времени и усилий, но Хок прав. Возможности Группы коммандос помогут ему разыскать свою жену и детей. Чаша весов, давно и тяжело склонившаяся в одну сторону, начала подниматься — едва заметно, но основательно. Перед его глазами встало лицо жены. Интересно, как она изменилась.

«Но придется бросить пить, — сказал Хок. — Ты мне нужен трезвым».

Само собой, и оно того стоит, если он снова увидит свою жену. Мак представил, как он нежно касается ее лица и ощущает тепло ее кожи.

Повернулся и посмотрел на Хока. Что-то здесь не так. Да, Хоку нужна его помощь. Но при этом он и сам протягивает ему руку, чтобы вытащить его из болота. И Мак это понимал.

«Почему я?».

«Мне нужен тот, кому я доверяю».

Мак невесело хохотнул.

«Я одноногий пьяница, который давно выбыл из игры. У тебя такой короткий список доверенных друзей?».

«Нет, Мак, — ухмыльнулся Хок. — У меня короткий список героев».

Прошло уже до хренища времени с тех пор, как Мак О'Брэди считал себя героем. Можно ли в одну и ту же реку войти дважды? Сумеет ли он взять себя в руки, вернуться в Штаты и заняться тем, о чем просит Хок? Искушение очень велико, да и мысль эта постоянно крутится в голове.

«Семья — это главное. Если я разыщу их, то не могу обещать, что задержусь у тебя надолго».

«Там дальше разберемся. Всему свое время».

Мак снова станет командиром. С отборными бойцами в подчинении, с ответственностью за важные задания. В памяти промелькнули лица всех, кем ему довелось командовать за годы службы. Тех, кто был молодцом и уволился, как Хок. Тех, кто погиб. Тех, кто стал калекой.

Со сломленной судьбой, как и он сам.

И таких было слишком много — не меньше дюжины из его подразделения за все эти годы. Парней, на долю которых выпало слишком многое, которые выполняли свой долг, не жалея себя. Которым слишком многое довелось повидать и испытать. Некоторые из них изменились физически, как и он сам, но большинство внешне остались прежними, однако то, что скрывалось за внешним спокойствием, пугало даже их самих. Мак вспомнил прилив адреналина, когда он помогал спасать Оливию.

Целительная сила стремления выполнить свою

задачу. Он изменился, спасая ее. И такая перемена может помочь и другим тоже.

«Я сам наберу себе людей».

«Без вопросов».

«Это будут не те безупречные парни, к каким ты привык, Хок. Каждый со своими проблемами».

Хок скрестил руки на груди.

«Что ты имеешь в виду?».

«Сильные, способные бойцы. Но не все под одну гребенку. Это будет второй шанс для парней, которым нужна помощь».

«Морские котики?».

«Ага. Надломанные, исковерканные, ухреначенные судьбой морские котики».

«Сэр, — раздался у них за спиной голос врача. — Можете пройти к мисс Бэрронс».

«Мне надо перетереть это с Джаксом, владельцем Группы коммандос».

И тот откажет — занавес тяжело опускается, пряча за собой первый за долгие годы луч мелькнувшей надежды.

«Слушай, давай только без всяких одолжений, — сказал Мак, внезапно пожалев, что согласился. — Тебе наверняка нужны парни, у которых башка на месте. Не чета мне».

«Ну, блин. Скажешь тоже, Мак».

Хок взъерошил рукой волосы.

«Любишь же ты задавать задачки, а?».

Мак упер руки в бока и ждал, когда Хок разразится иносказаниями, суть которых в том, что ему на фиг не нужна куча неудачников.

«Ладно», — сказал Хок.

«Что ладно?».

Хок кивнул.

«Я переговорю с Джаксом. Скажу ему, что это то, что мне надо, и что я на твоей стороне на все сто. Думаю, он тоже захочет помочь этим парням. Если он одобрит, будешь командовать новым отделением Группы коммандос по своему усмотрению. При условии, что они классные бойцы. Я доверяю тебе».

Мак вздернул голову.

«Лучшие».

Новый офис. Новая работа. Шанс вернуть все, что он когда-то потерял. Мак улыбнулся.

«Тогда за дело».

10

Все тело у Оливии ломило от борьбы с маньяком, однако кости остались целы. Отделалась легким сотрясением мозга от удара головой, когда ее швырнули в фургон, но при этом с такой кучей синяков, что гримерам придется немало потрудиться, чтобы привести ее в божий вид.

Узнав наконец, кто же был этот мерзавец, который неделями терроризировал ее, она немного приспокоилась. Знать, что за недоумок охотился за ней, гораздо легче, чем теряться в догадках, кто он такой и что он может сотворить с ней.

Досадно осознавать, что ее предал тот, кто должен охранять ее, однако еще хуже то, что не все в этой истории прояснилось. Телохранителя наняли на работу уже после того, как она получила записку с угрозами, а не раньше.

Возможно, он участвовал в съемках в каком-то другом месте.

Он явно положил на нее глаз еще до того, как ему предоставили такую отличную возможность. А может он сам напросился на эту работу, когда стал нужен телохранитель.

Оливия повела плечами. Почем знать, что на уме у ненормального. Все это так расстраивает, а сейчас ей вовсе не хочется расстраиваться.

Она мысленно вернулась к Тревору, вспоминая, как он резво метнулся из маломальского укрытия за тележкой какого-то торговца и перебежками преодолел разделявшее их открытое пространство. Она была уверена, что его убьют. Как его имя невольно вырвалось у нее из груди — это был крик женщины, которой есть что терять, и даже больше, чем она думала.

От такого воспоминания по щеке у нее покатилась слеза, за ней другая. После всего пережитого не грех и поплакать, и слезы хлынули ручьем. К тому времени, когда Тревор вошел в палату, она уже вволю наплакалась. Оливия прикрыла лицо руками и вытерла глаза.

«И что тут у нас за слезы?».

Оливия насупилась, стараясь не расплакаться снова.

«От любви — я так сильно люблю тебя и едва не потеряла навсегда».

Она потянулась к нему. Тревор присел на край кровати и обнял ее.

«Извини, что я такая плаксивая».

«Да ну. что ты. Тут и сам расплачешься. Это я едва не потерял тебя».

«Раньше, — задумчиво произнесла Оливия, — я не знала, как сказать тебе, что мне от тебя нужно».

«То есть?».

«Мне надо стать сильнее, чем прежде. Я не могу вечно прятаться за спину мужчины, даже если этот мужчина — ты».

«Так я никогда и не просил тебя прятаться за мной».

«Не просил, но я ровно это и делала. Ты — иголка, а я нитка. Ты говорил, а я слушала. Я не значила сама для себя столько, сколько ты значил для меня».

Хок тронул ее рукой за щеку.

«А я наоборот. Ставил себя на первое место, которое по праву должна занимать в моей жизни ты. Больше такого не будет».

«Ты о чем?».

«Да вот, надумал открыть еще один офис Группы коммандос. Свой собственный, где я могу сам решать, когда мне работать, а когда заниматься своей семьей. Мак готов помочь мне в этом».

«Твоей семьей?».

«Ну да. Для начала ты да я, а потом, даст бог, появятся и детишки. Выходи за меня замуж, Оливия».

Сколько раз она представляла себе, как он делает ей предложение. Однако за то время, что она была в разлуке с ним, она стала воспринимать себя иначе — особенно в том. что касается личных отношений.

«Почем нам знать, что это сработает? Что мы можем идти рука об руку, а не один за другим?».

«Никому не дано это знать заранее. Надо просто верить и стремиться к этому. Мы любим друг друга и стараемся наладить все, что этого требует. Я хочу быть твоим мужем, Оливия. Хочу, чтобы ты всегда была рядом со мной, а я всегда рядом с тобой — и в радости, и в горе».

«А если я побаиваюсь?».

«Все хорошее сначала пугает».

Хок усмехнулся и поцеловал ей руку.

«Но я готов ждать сколько понадобится. Не обязательно давать ответ прямо сейчас, если ты еще не готова».

Оливия вспомнила все те долгие дни, проведенные вдали от него, на съемках. Вспомнила, как сильно она скучала по нему. Конечно же, она хочет стать его женой; вот только эта неуверенность из-за произошедших в ней перемен.

«Я так долго пряталась за спинами других, что надо немного попробовать побыть ведущей, а не ведомой».

«Да я за тобой хоть на край света», — сказал Хок.

«Правда, что ли?».

Хок кивнул.

«Можешь иногда ставить меня на место. Опускать на грешную землю, так сказать».

Оливия рассмеялась.

«Само собой».

«Так ты выйдешь за меня?».

Стать его женой. Вместе прожить остаток дней, помогая друг другу на бескрайнем пути к совершенству. На него можно положиться. Она точно знает, что можно. Улыбка медленно расплылась по ее лицу, в душе настал покой.

«Да».

Тревор поцеловал ее, скрепляя поцелуем договор — они стали мужем и женой.

«Я люблю тебя», — прошептала она ему в губы.

«И я тебя люблю. Больше, чем ты думаешь, Ливи».

11

Все поле было покрыто цветущей лавандой, аромат цветов наполнял теплый вечерний воздух. Тревор стоял рядом с Оливией на фоне заката перед священником, который едва говорил по-английски. Рядом с ними стоял Мак — их свидетель.

На Оливии было простое белое платье, свободно спадающее с плеч и присборенное на талии, подчеркивающее ее фигуру и оттеняющее кремовый цвет ее кожи. Тревор подумал о богато украшенных свадебных платьях, в которые наряжались многие невесты, об их идеально уложенных волосах, в то время как волосы Оливии свободно развевались мягкими волнами на легком ветерке.

Она была прекрасна, чиста и естественна. Самая простая и самая сложная женщина, которую он когда-либо знал, и единственная, с которой он хотел провести всю свою жизнь. Он сглотнул подступивший от волнения к горлу ком, когда священник начал брачную церемонию. Потом раздался голос Оливии, которая давала брачный обет с сияющими, как и у него самого, глазами.

«Я, Оливия, беру тебя, Тревор, в мужья. Чтобы любить тебя и холить, согревать тебя своим телом и умиротворять тебя своей душой, забыв обо всех других. Обещаю быть верной тебе, принимать тебя таким, какой ты есть сейчас, и таким, каким ты станешь потом, когда исполнишь свое дарованное судьбой предназначение».

Тревор улыбался, надевая ей на палец золотое кольцо. Кольцо смотрелось на пальце прекрасно, и он подумал о том, что и по прошествии многих лет, когда ее рука состарится, оно будет все так же сиять, как и его любовь к ней. Хок облизнул пересохшие губы.

«Я, Тревор, беру тебя, Оливия, в жены. Чтобы любить тебя и холить, согревать тебя своим телом и умиротворять тебя своей душой, забыв обо всех других. Обещаю боготворить тебя и носить на руках и чтить тебя такой, какая ты есть, отныне и вовеки».

«Можете поцеловать свою невесту», — сказал священник.

Тревор взял лицо Оливии в свои руки и нежно коснулся ее губ своими губами. Ему хотелось навсегда оставить в памяти этот сладостный миг, это легкое дуновение ветерка, холодящее кожу, этот щемящий душу аромат цветов, витающий в воздухе.

Оливия обвила руками его шею и слегка отстранилась, улыбаясь ему.

«Ну так что, значит, будешь носить меня на руках?», — улыбнулась она.

«Да без вопросов».

Хок наклонился и подхватил ее на руки, и она залилась счастливым смехом.

«Будьте счастливы, дети мои», — усмехнулся священник и ушел.

«Пожалуй, я тоже пойду, — сказал Мак. — Свяжусь с тобой до отлета в Нью-Йорк».

«Заметано», — ответил Тревор.

Он подождал, пока Мак заведет машину, и опустился на колени посреди лавандового поля. Оливия дурашливо захихикала, когда он повалил ее на землю и вслед за ней увалился и сам.

«Ты это что, серьезно?», — удивилась она.

«А что тут такого, трава высокая».

Она шлепнула его по спине, когда он с поцелуем всем телом навалился на нее.

«Нас арестуют за непристойное поведение».

«А во Франции есть такой закон?».

«Понятия не имею».

«Так давай и проверим. Получится замечательная история для наших внуков».

Он осыпал ее поцелуями, испытывая жгучее желание слиться с ней воедино. Оливия пробормотала что-то невнятное, открывая рот навстречу его губам, и их языки сплелись в едином танце.

«Мы *никому* не скажем об этом».

Вообще-то он повалил ее на землю в шутку, но ее тело тут же пробудило в нем плотские страсти.

«Дай-ка гляну, уехали они или нет».

Он сел и осмотрелся — машин священника и Мака уже не было. Вдалеке летняя гроза окрасила небо в фиолетовый цвет, граница между темнеющим небом и синей высью над головой была такой отчетливой и красочной, что Хоку подумалось — вот и сам бог с ними в этот благословенный день их свадьбы.

Он повернулся к жене, внезапно испытав новый прилив чувств. Подол ее платья задрался, оголив бедра, грудь и щеки покрылись легким румянцем — и он тут же забыл о приближающейся грозе. Провел руками по ее стройным ногам и стянул с нее трусики, пробираясь с поцелуями все выше и выше, пока не достиг языком набухших от вожделения складки ее естества, замерев на сладком бутончике между ними.

Ее страстные стоны носились в благоуханном воздухе, в котором уже чувствовалось дыхание приближающейся грозы. Первые капли дождя тяжело упали на его кожу, когда она достигла кульминации под его ласками, и он двинулся вверх по ее телу, стягивая вырез ее платья вниз, чтобы выпустить на волю груди.

«Я люблю тебя, Оливия Хокинс», — прошептал он, обхватывая губами и лаская языком ее сосок и пытаясь одной рукой стянуть с себя брюки. Капли дождя покрывали ее кожу, он слизывал их и тянулся к ней губами с новыми поцелуями.

Она направила его рукой в свое лоно, и в этот миг где-то вдалеке тихо прогремел гром. Этот звук смешивался с их тяжелым дыханием, и Хок полностью растворился в радостях любви к ней.

С ним его жена. Они исполняли любовный танец вместе, каждый свою партию, становясь при этом чем-то большим, чем они были по отдельности. Хок бурно и сладострастно кончил, их тела слились под свинцовыми тучами, ее тело высасывало из него последние мужские соки мощными толчками оргазма.

Когда дрожь плоти стихла, она обхватила лодыжками его мокрую от дождя задницу.

«Я буду вечно любить тебя», — шепнула она.

Веки вечные.

Громыхнул гром, будто подтвердив ее слова. Хок пребывал на верху блаженства.

«И я тоже».

12

Всю обратную дорогу до отеля они ехали под дождем, Оливия утверждала, что это к счастью. Она смотрела на проносящиеся мимо поля лаванды, на полоски земли, мелькавшие между их фиолетовыми рядами. Тревор взял ее за руку, ее хрупкие пальчики обвились вокруг его пальцев. Она вздохнула, легкая улыбка заиграла в уголках ее губ.

Когда они добрались до отеля, уже почти стемнело. На столе в их номере стоял нелепо большой букет темно-красных роз.

Оливия насторожилась.

«Интересно, кто это их прислал».

Она сказала лишь нескольким актерам и сотрудникам съемочной группы о своей сегодняшней импровизированной свадьбе, с особой радостью сообщив Локхиду, что ее не съемках сегодня не будет. Да это было и к лучшему, поскольку сцена в душевой снимается без ее участия.

«Там есть карточка», — подсказал Тревор.

Оливия взяла ее и тут же узнала все тот же ненавистный корявый почерк. Она ахнула, внезапно закружилась голова.

«Это он».

Тревор выругался, взял записку из ее рук и прочитал ее вслух.

«Поздравляю с бракосочетанием. С любовью, Эван Локхид».

Оливия схватилась за спинку стула.

«Это Локхид тот ненормальный. Тогда как в этом замешан телохранитель?».

Металлический щелчок заставил ее обернуться. В проеме открытой двери стоял режиссер с пистолетом в руке.

«Он мой двоюродный брат, Рейнальдо. Не самая смышленая пешка в коробке. Он застукал меня, когда я пробирался в твою комнату, и мне пришлось что-то ляпнуть ему».

Локхид прошел в номер.

«Ужасно боюсь оккультизма. Признай, что мне неплохо удалось изобразить невинность. Может, мне стоило быть по другую сторону камеры и играть вместе с тобой».

«Ты не имеешь права здесь находиться», — тихо сказала Оливия угрожающим тоном.

Она слишком долго боялась неизвестности, таинственного недоумка, и вот он стоит перед ней. Оказавшись лицом к лицу с ним, она почувствовала в себе силы. Эван Локхид не мог сделать с ней ничего такого, чего он уже не сделал в ее перепуганном воображении. Она вздернула подбородок.

«Вон отсюда!».

Он нахохлился.

«Я люблю тебя, Оливия. Теперь ты должна это знать».

«Ты самовлюбленный, эгоистичный и подавляющий всех, кто рядом с тобой, засранец, и тебя-то уж я точно не люблю», — сказала, как отрезала, Оливия.

Локхид выпучил глаза, ноздри раздувались от злости. Он повернулся к Тревору.

«Так это ты женился на ней».

Он поднял пистолет на Хока.

«Нет!», — закричала Оливия, пытаясь схватиться за пистолет.

Но Тревор опередил ее и выбил ногой пистолет, тот отлетел в сторону.

«Стоять!».

В его руке блеснул пистолет, направленный на Локхида.

Режиссер посмотрел на Оливию, его темные глаза казались почти черными в тускло освещенной комнате. Его взгляд был угрожающим, но она и не собиралась пугаться.

«И что ты сделаешь, если я не выполню твою команду?», — спросил Локхид.

Он сделал два шага к Оливии.

Хок выстрелил. Локхид на мгновение замер и рухнул на пол.

«Ты в порядке?», — спросил Тревор.

«Да»..

За дверью послышался топот бегущих ног. Тревор насторожился и, держа пистолет наготове, выскочил в коридор, готовый к стрельбе.

«Твою ж мать! Мак, ты до усрачки напугал меня».

«Маньяк — это Локхид, а не телохранителем», — сказал Мак, входя в номер.

«Да, мы уже это поняли, — ответил Хок, убирая пистолет. — Но как ты узнал?».

«Телохранитель выжил. После хорошей дозы лития он все болтал о своем двоюродном брате-режиссере и о том, как Локхид играл на его страхах. Так что вывел нас прямо на него».

Оливия уставилась на бездыханное тело Локхида. Она дала ему отпор, как это сделала бы маркиза, но у нее не было ощущения, что она играла роль. Вместо этого было ощущение собственной силы. Она глубоко вздохнула.

«Все нормально?», — спросил ее Тревор.

Оливия кивнула.

«Лучше не бывает».

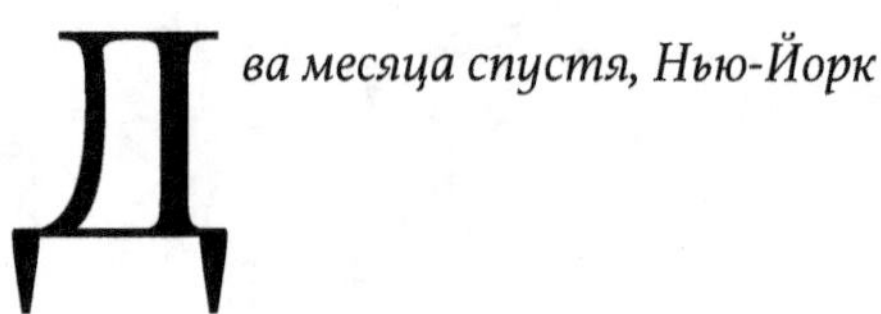

Глядя на них, и не скажешь, что судьба их вконец ушатала.

Внешне морские котики Мака ничем не отличались от бойцов Джакса в Атланте — та же внушительная мускулатура и выправка. До сих пор Тревору удавалось сдерживать свое любопытство и желание расспросить Мака о прошлом его бойцов и почему он выбрал именно этих двенадцать парней.

Он вышел из своего кабинета в новой штаб-квартире Группы коммандос на лоджию с видом на Нью-Йоркскую публичную библиотеку и Брайант-парк за ней. Оливия стояла спиной к нему, но при его появлении обернулась и одарила его улыбкой.

«Такой красивый вид отсюда», — сказала она.

«У моей жены отличный вкус по части недвижимости».

Он обнял ее за талию. Они познавали азы семейной жизни, поселились в новой квартире и знакомились с Нью-Йорком. Это была совсем другая жизнь, вовсе не такая как до ее отъезда во Францию. Даже лучше, чем он себе представлял.

Оливия откинула голову назад, прислонившись к его плечу.

«Думаешь, эти парни потянут?».

«Мак верит в них, а я верю в Мака».

«Все из ваших с ним морских котиков?».

«Нет, только один. Хотя после моего увольнения он побывал еще на одном задании».

«Ну, дай бог. А остальные как?».

«Не знаю. Но я доверяю ему».

Мак завязал с выпивкой и по сути снова стал таким же, как и прежде.

Оливия вздохнула, повернулась к нему лицом и обняла за шею.

«Звонил мой агент. Я получила роль».

«Классно. Когда съемки?».

«Начнутся в марте в Ванкувере».

«К тому времени Группа коммандос уже будет полностью готова к работе. Мак здесь справится без меня».

«Значит, поедешь со мной?».

Тревор прислонился своим лбом к ее лбу.

«Самое важное в моей жизни — это ты. Я зарубил себе это на носу».

Она крепко поцеловала его в губы.

«Как же я люблю тебя, Тревор».

Он ухмыльнулся и поднял брови.

«Спорим, ты рада, что я тогда врезался в твою машину на вершине горы».

Она стукнула его кулаком в грудь.

«Тебе просто повезло, что ты меня не укокошил».

«Ну, знаешь, нет худа без добра. Так что благодари бога, что я раздолбал твою машину».

Оливия со смехом развернулась и задумчиво посмотрела вдаль, туда, где небо сливается с причудливыми контурами города.

«Каждый день, дурачок. Каждый божий день».

ЭПИЛОГ

М ак откинулся на спинку кресла и потер костяшками пальцев губы, глядя на список имен на экране компьютера.

Одно из них может принадлежать его жене.

Он был трезвым как стеклышко вот уже полтора месяца, а может месяц — дни летели незаметно и как-то сами собой.

Мак с головой ушел в дела Группы коммандос. Летал по всей стране, собирая своих бойцов, словно ребенок, собирающий ракушки на берегу. Эти парни и помощь им были для него важнее всякой выпивки, так что все мысли крутились вокруг них.

Со всеми, кроме одного, все прошло гладко. Из-за особенностей своей жизни они не были привязаны каким-то городам, не имели жен и детей, которым надо было бы то и дело переезжать с ними с места на место. Семьями обзаводятся те, кому есть что дать своей семье, а с его потрепанных судьбой морских котиков взять нечего.

По большей части все они сохранили отличную физическую форму. Тренировка мускулов хоть как-то держит на плаву, когда жизнь норовит смыть тебя в унитаз. Мак не прекращал заниматься спортом и когда жил во Франции — в перерывах между утренним похмельем и вечерними возлияниями.

Да, он прекрасно знал, из какой ямы эти парни выбрались, и его правила для них были точно такими же, как и для самого себя. Никакой выпивки. Двое парней подсели на обезболивающие, но и от этого тоже надо избавляться. Попасть в эту ловушку так легко. Боевые раны болели, и врачи спешили выписать лекарства, усмиряющие эту боль. При постоянной депрессии даже удивительно, что не все они пристрастились к наркоте.

И таких набралось двенадцать. Сначала их было четырнадцать, но двое сдриснули, когда дело дошло до тренировок с оружием. Слишком много тягостных воспоминаний, а Мак кое-что знал об играх разума.

Он снова взглянул на экран. Да, одной из этих женщин может быть его Элли, а может и нет. Может, она живет под своей девичьей фамилией или взяла другое имя, что значительно усложняет поиск.

И что, блин, ты ей скажешь, когда найдешь?

На трезвую голову все эти благие намерения казались смешными. Мак отодвинул кресло, встал и подошел к окну. Вдалеке сияло огнями здание «Крайслер».

«Мак?».

Он обернулся. В дверном проеме стоял Малыш — светловолосый парень с заметным шрамом в форме буквы Y, спускавшимся по щеке, словно застежка-молния. Он был снайпером на третьем задании Мака, провел в плену у бандитов больше недели. Его пытали так, что страшно даже подумать.

«Звонит Ковбой, — доложил Малыш. — Мы получили первое задание».

Мака будто током ударило, в крови забурлил адреналин. Он кивнул и потянулся к телефону.

«Привет, Лео».

«Привет, Мак. Ну что, начнем?».

«Да уж пора».

Он достал блокнот и ручку.

«Я слушаю».

www.ingramcontent.com/pod-product-compliance
Lightning Source LLC
LaVergne TN
LVHW010656200726
843507LV00011B/1904